청소년 마음 시툰

안녕, 해태 2

청소년 마음 시툰

안녕, 해태 2

글·그림 싱고

창비

시와 그림으로 만나는 새로운 시 읽기

시골집 샘가에 오래된 펌프가 있었습니다. 마중물을 붓고 펌프질을 하면 물이 콸콸 터져 나왔습니다. 눈앞이 시원했습니다. 녹물이 나오다가 이내 맑은 물이 나왔지요. 그 물로 쌀도 씻고 빨래도 하고 한여름엔 등목도 하며 자랐습니다. 물을 끌어오기 위해 붓는 마중물처럼 이 책도 '시툰(詩+Webtoon)'이라는 형식으로 새로운 시 읽기의 물꼬를 터 보고 싶은 마음에서 비롯되었습니다.

시를 재구성할 수 있는 방법이 무엇일까? 시를 그림으로 표현하는 '삽화'에서 나아가, 이야기로 꾸려 보면 어떨까? 혹여 '시툰'이라는 형식이 시의 선명함과 보편적인 해석을 방해하지 않을까? 하는 고민을 안고 작업을 진행했습니다. 회를 거듭하면서 그림과 시, 어느 한방향으로 치우치지 않도록 수평을

맞추는 것이 커다란 과제였습니다. 시와 그림이 기찻길처럼 나란히 가거나 교차하면서 제 몫으로 어울리길 바랐습니다.

시, 특히 교과서에 나오는 시라고 하면, 으레 고리타분하게 여기는 경우를 종종 봅니다. 시는 지나간 '옛것'이 아니라, 현재에 생생하게 되살아오기도 합니다. 좋은 시는 타인과 공감할 수 있는 지혜를 주고 우리가 어엿하게 살아가도록 마음을 힘 있게 세워 줍니다.

그런 점에서 청소년들이 시를 친근한 형식으로 만나게 하는 일은 의미가 있습니다. 시를 어렵게 생각하는 청소년들이나 학교를 졸업한 이후 시를 접하지 못한 분들, 교육 현장에서 다양한 방식으로 시를 톺아보고 싶은 분들께 이 책을 권하고 싶습니다.

작가의 말을 쓸 때쯤이면 하나의 이별을 겪습니다. 그것은 물집처럼 웅크렸다가 사라집니다. 한동안 등장인물인 잔디와 해태의 마음에 들어가 살았습니다. 교복 입은 학생이 잔디처럼 보였고, 지나가는 길고양이가 해태처럼 보였습니다. 이들과의 동행은 즐겁고도 괴로운 일이었습니다. 결말을 따로 정해 놓고 진행한 이야기가 아니었기에 잔디와 해태가 저를 이끌고 간 것이나 마찬가지입니다. 여기까지 함께 와 줘서 좋았다고 말하고 싶습니다.

수록을 허락해 주신 시인들께 인사를 올립니다. 성근 부분을 깁고 메워 주신 서영희 편집자님과 묵묵한 응원으로 힘을 주신 김현정 님, 알맞게 틀을 잡아 주신 디자이너 김선미, 장민정 님, 거듭되는 수정을 반영해 주신 이주니 님께 고마움을 전합니다. 결말에 흥미로운 의견을 보탠 북평여고 1학년 이민경 학생을 비롯한 여러 학생에게도 안부를 묻고 싶군요. 친구 j와 반쪽 동욱, 네발 달린 가족 이웅웅과 배호에게도 사랑을 건넵니다.

교과서에 수록된 작품들을 염두에 두고 시를 고르고, 이야기를 엮는 것은 운동선수가 체급을 바꾸고 다른 종목에 도전하는 것처럼 만만치 않았습니다만, 그럴 때마다 시는 삶의 겨드랑이에 손을 넣고 저를 번쩍 들어 올려 저 너머를 보여 주었습니다. 시는 어쩌면 우리 안에 있는 어질고 너그러운 마음, 맑게 반짝이는 마음을 잘 지키라고 있는 것인지도 모릅니다. 그것을 전하라고 잔디와 해태가 제게 온 것인지도 모르겠군요.

요양원에 계신 어머니께 가장 먼저 이 책을 보여 드리고 싶습니다.

차례

\ 등장인물 소개 /

김잔디

강릉에서 할머니와 살다가
아버지를 따라 서울로 전학 왔다.
책을 좋아하고 말수가 적은 편.
천상계 동물인 해태를 만나
시심(詩心)을 키워 나간다.

푸쉬-

해태

천상계의 승격 시험에 번번이 낙제한 벌로
인간계로 내려온 영물.
잔디와 함께 문학적 소양을 쌓기 위해
시를 읽지만 고양이로 위장해
인간계에서 사는 것을 꿈꾸기도 한다.
물과 불을 다스려야 하지만, 스킬 미획득.

잔디 할머니 **홍인숙**

막국수 식당 사장님

잔디 아빠 **김현**

무협 소설가

잔디의 친구들

이예지

고미린

황인경

장호연

"아무래도 괜찮다고 생각했습니다.
내 마음 같은 건."

\ 01 /
새로운 길

띠디디디-

잔디야, 일어나!
개학 날부터
늦겠어!

5분만-.

학교 잘 다녀와!
올 때 메론아~.

응!

횡단보도를 건너 맞은편으로
분식집을 지나 학교로

윗 추워!

2학년이 되어
걷는 첫 등굣길

새로운 건
설레기도 하지만 불안하기도 해.

익숙하지만 오랜만에 보니
낯설어 보이는 학교

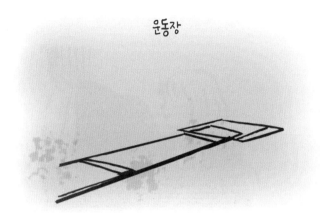

운동장

새로운 교실
처음 보는 얼굴들.

이 교실에서 아는 사람은
단 한 명, 고미린.

은근히 기대했는데
예지도, 인경이도 다른 반····.

틴트 색
예쁘다!

쟁쟁하지?

새로운 반 배정.

먼저 용기를 내서
말 걸기도 어색하고···.
튀지 않게
있는 듯 없는 듯
묻어가야지.

휴우···.

나 빼고 다들
금세 친해지는 것 같다.

잘할 수 있을까?

중학교 2학년
새로운 시작!

새로운 길

윤동주

내를 건너서 숲으로
고개를 넘어서 마을로

어제도 가고 오늘도 갈
나의 길 새로운 길

민들레가 피고 까치가 날고
아가씨가 지나고 바람이 일고

나의 길은 언제나 새로운 길
오늘도…… 내일도……

내를 건너서 숲으로
고개를 넘어서 마을로

보
너
스
컷

작업실에서 돌아온 아빠

김잔디,
아빠 왔다!
아직 학교에서
안 왔나?

엥?
웬 고양이?

\02/
가슴에 금 가는 말

이 근처 어디였더라?
결계가 처음
풀린 곳이···.

문지기를 부르는
주문을 외워야겠다!

아으 동동다리
더러둥셩 다리러디러
다리러디러···.

위 두어렁셩
두어렁셩 다링디리.

자네, 왜 이제야 왔나?

쯧쯧. 천상계 영물이
신분을 속이고
지상계에서 살다니···.

문지기!
여기 있네!
오랜만이야!

어차피 천상계 가도
낙제만 할 걸
뭐 하러 가?

그보다 문지기!
왜 내가
사람들 눈에 보이는지
이유나 알려 줘.

아무도 눈치채지
못할 거라
생각했나?

그야 뭐···.

해태 넌 지금 벌을 받는 중이다.
너는 점점 사라지게 될 거야.

이 지상계에서
자취도 없이.

완전 어이없어!

내가 사라지는 중이라고?
왜, 뭐 때문에?

털썩―

너는 천상계의 운명을 거스르고
시심(詩心)을 지키지 못했기 때문에
육신이 생겼다.

지상계에서 사라지는 벌을
받아야 하므로
육신이 생긴 거지.

그, 그래서
사람들한테
내가 보이는 거구나.

이대로 계속 천상계의
시심을 잃어 가면
너는 영생을 얻지 못하고 사라진다.

시심을 지키려는
그 어떤 노력도 하지 않는다면
너는 천상계의 영물도
지상계의 고양이도 아니다.

그저 기이하게 생긴
생물일 뿐이지···.

선택은 네 몫이다.

지상계에서
신분을 속이고 살아갈지,
시심을 닦아
천상계의 영물로
영생을 얻고 살아갈지.

얼음장이 갈라지듯
가슴에 쩌-엉, 하고 금이 가는 것 같아.

저벅저벅

온몸이 바늘에 찔리는 듯 아프다.

부정할 수 없는 진실은 모질구나.

나 앞으로 어떻게 살지?

모진 소리

모진 소리를 들으면
내 입에서 나온 소리가 아니더라도
내 귀를 겨냥한 소리가 아니더라도
모진 소리를 들으면
가슴이 쩌엉 한다
온몸이 쿡쿡 아파 온다
누군가의 온몸을
가슴속부터 쩡 금 가게 했을
모진 소리

나와 헤어져
덜컹거리는 지하철에서
고개를 수그리고
내 모진 소리를 자꾸 생각했을
내 모진 소리에 무수히 정 맞았을
누군가를 생각하면
모진 소리,
늑골에 정을 친다
쩌어엉 세상에 금이 간다.

보너스 컷

\03/
고드름 달린 명태

새파란 하늘에 금이 쩡- 하고
가도록 추운 날에는

진부령 끝자락 용대리 황태 덕장을 찾는다.

황 사장!
아이고 추워!
코에 고드름 열겠네!

김 사장 오랜만이여. 요 며칠 날이 추워져서
명태 너느라 눈코 뜰 새 없었지.

속살이 노랗고 포슬포슬한 황태를 맛보려면

실한 놈으로다가
알아서 챙겨 줘요.

전처럼
열 박스?

얼었다 녹았다 반복하며
추위와 바람과 눈을 견뎌야 한다.

택배로
보내도 되는데
힘들게 왔어?

황 사장 얼굴 보러
일부러 왔어.

바람에 바짝 말리면 북어가 되고
춥기만 하면 백태가 된다.

쩡- 하니 추울 때
바짝 널어야지.

명태가 황태가 되는 동안

눈이 떼꿈해 보여.
요새 덕장 일 녹록지 않지요?

박 사장도
눈과 추위와 바람을 함께 맞았다.

나야 뭐,
늘 하는 일인걸.

어잇, 징허게 춥네!
열 박스 최상품으로 보낼게요.
20년 단골인데.

박 사장이 어련히
알아서 할까,
새삼스럽게 뭘….

농사로 치면 요새가 농번기라
힘들긴 해도

동장군이 반가워. 날이 추워야
황태 농사가 잘되는데 아무려나 이걸로
애들 셋 먹여 살렸으니께.

황태 농사는 천운이더라고.
나만 잘한다고 되는 게 아녀.
날씨가 도와야지.

다들 왜 황태 농사를
하늘이 짓는 농사라 그러겠어.

바쁠 땐 서로 일손 거들어 주긴 하는데
나도 요샌 부쩍 힘이 달려.

살림 어지간히
푼푼하면 쉬엄쉬엄
하시구려.

허리도 좀
펴 가면서.

널어놓은 명태 꼬리에 고드름이 열렸다.

추위와 싸우면서 지나온
맵고 찬 시간이

투명하고 단단하게 맺혀 있다.

추위가 고드름을 자라게 한다.

멧새 소리

백석

처마 끝에 명태를 말린다

명태는 꽁꽁 얼었다

명태는 길다랗고 파리한 물고긴데

꼬리에 길다란 고드름이 달렸다

해는 저물고 날은 다 가고 볕은 서러웁게 차갑다

나도 길다랗고 파리한 명태다

문턱에 꽁꽁 얼어서

가슴에 길다란 고드름이 달렸다

그것들은
다 뭐야?

와, 할머니가
황태 많이 보내셔서
냉장고에 넣을
자리가 없어.

비린 것···.

난 먹구슬을 먹는데
고양이의 육신을 얻으면
비린 걸 좋아하게
될까?

\04/
깻잎의 맛

아, 노트북 수리
맡겨야 하는데···.

마감이 급한데
어쩌지?

일단 잔디 노트북으로
마감해야겠다!

짜아안—

잔디야!
아빠 잠깐
네 노트북 좀 쓸게!

워낙 내색을
안 해서 몰랐는데
학교생활이
많이 힘든가.

가뜩이나
예민할 땐데
물어봐야 하나.
이러지도 저러지도
못하겠네···.

저녁 먹으면서
슬쩍 물어야지.

잔디야,
저녁 먹자!

잔디야,
요새 친하게 지내는
친구 있니?

네,
그냥.

카레가 좀
싱겁다.

깻잎 한 장씩 올려서 먹어.

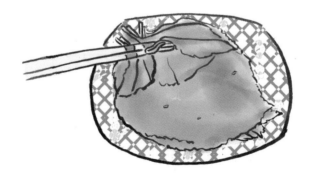

점심, 저녁 두 끼 연속
카레인데

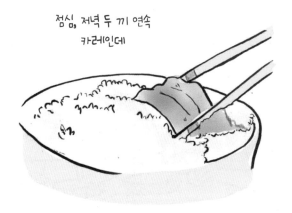

우리 딸은 투정 한마디
없이 잘 먹네.

아빠는 잔디 네가

너무 일찍 철든 것 같아서
미안할 때가 있어.

식구

매일 함께하는 식구들 얼굴에서
삼시 세끼 대하는 밥상머리에 둘러앉아
때마다 비슷한 변변찮은 반찬에서
새로이 찾아내는 맛이 있다

간장에 절인 깻잎 젓가락으로 집는데
두 장이 달라붙어 떨어지지 않아
다시금 놓자니 눈치가 보이고
한 번에 먹자 하니 입 속이 먼저 짜고
이러지도 저러지도 못하는데
나머지 한 장을 떼 내어 주려고
젓가락 몇 쌍이 한꺼번에 달려든다

이런 게 식구이겠거니
짜지도 싱겁지도 않은
내 식구들의 얼굴이겠거니

잔디 아빠의 일상

울 스웨터를 세탁기에 돌리는 아빠.

데이비드 보위의 노래를 좋아하는 아빠.

낮 시간엔 주로 소파와 합체해서
낮잠을 주무시는 아빠.

코딱지를 동그랗게 굴려서 아무 데나
튕기는 아빠.

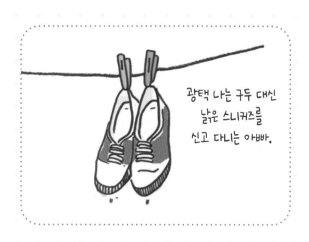

광택 나는 구두 대신
낡은 스니커즈를
신고 다니는 아빠.

양복 대신
목이 늘어난
후줄근한 티를
즐겨 입는 아빠.

세 살 때부터 혼자서 강의와 글쓰기로
나를 키워 주신 아빠.

목 디스크가 심한 아빠.

뻐근-

아이고
내 4번, 5번
목뼈들아····

남들이 보기에 초라한 모습일지 몰라도

아빠,
아프지 말아요.

내 눈에는 세계 제일 멋쟁이!

\05/
긴 하루

요즘 그런 생각이 든다.

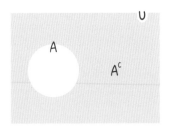

우리 반 교실을 집합 U로 표시한다면

부분 집합 A는
이미 친밀하게 관계가 형성된 그룹

전체 집합 U에서 A라는
집합을 뺀 나머지 원소들, A^c

그게 나 같다고.

같은 반 친구들 사이에서도
혼자 겉도는 느낌

먼저 다가가면 나댄다고
할까 봐 조심스럽고

가만 있자니 예지처럼
먼저 다가오는 친구도 없다.

남들에겐 쉬운 친구란 관계가
왜 내게는 어려운 수학 문제 같을까?

오늘 급식
감자 나왔더라!
너 강원도에서
왔으니까
감자 많이 먹어. ㅋ

뭐라고?

언제부턴가 예지도
나와 마주치면 은근히 피하기 시작했다.

어? 감자 온다!

김잔디가
감자야?

아···. 감자
먹기 싫어!

사실, 이런 시선은 익숙하다.
강원도에서 서울로 전학 오기 전에도
딱히 친한 친구가 없었다.

예지한테 배신감이 들지만 친구라고
나의 모든 점을 좋아할 필요는 없다.

아무렇지 않은 척해야겠다.
만만해 보이면 놀림감이 되기 쉬우니까.

휴···. 아까 고미린!
감자라고 할 때 맞받아쳤어야 했는데.

집으로 혼자 가는 길

오늘 하루가 참 길게 느껴진다.

혼자 있을 때 마음이 편해도
오늘은 조금 외롭다.

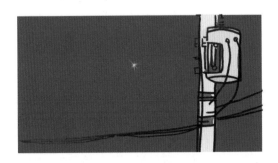

외따로 희미하게 뜬 별처럼

아무래도 나는

나와 가장 친한 것 같다.

이렇게 살아도 괜찮을까?
내 인생···.

외로움에 대하여

김선우

괜찮아

어떤 경우에도

나는 나와 함께이니까

괜찮아

어떤 경우에도

내가 나를 믿어 주는 한

\06/
우선 멈춤

잔디 넌 언제
얼음이 돼?

음....

겨자와 식초를
무자비하게 풀어 넣고
냉면을 먹을 때
코가 찡하잖아?

그때 복잡한 생각을
멈추게 돼.

약수터로
불어오는 시원한 바람이
땀방울을 식게 해.

푸른색에서 분홍색으로 달라진
수국의 빛깔이 눈길을 멈추게 해.

여러 겹의 셀로판지처럼
노을이 한 장씩 내려앉으면
걸음을 멈추고 하늘을 보게 돼.

담장 위에서 봄볕을 쪼이며
반상회 하는 고양이들이
발걸음을 멈추게 해.

훗! 인간들
귀여운 건
알아 가지고.

그러게.

배고플 때 마시는
옥수수프 한 잔이
꼬르륵, 소리를
멈추게 해.

보드랍고 말랑한 해태 너의 귀여움이
읽던 책을 덮게 해.

할머니가 달여 주신
감꼭지차를 마시면
딸꾹질을 멈추게 돼.

동네 책방에 놓인
재밌는 신간 도서가
나의 시간을 멈추게 해.

책 재미없어,
집에 가자, 응?

물을 다스리는 해태의 능력이
불길을 멈추게 해.

나님은 수행이 모자라
아직 그 레벨까지는····.

나직나직한 자장가가
아가의 울음을 그치게 해.

낮에 놀다 두고 온
나뭇잎 배는- ♪

자장가를
불러 주고 있어.

U튜브 대신
자장가라니!

아이들 무리에 인경이가 있는지
걸음을 멈추고 기웃거리게 돼.

잠자리를 잡을 때 읍, 하고
숨을 멈추게 돼.

구름 걷힌 하늘이
솔솔 흩뿌리는 여우비를 멈추게 해.

인터넷 서점 굿즈가
스크롤을 멈추게 해.

책을 사는 거야?
굿즈를 사는 거야?

한정 수량!
이건 사야 한다!

황인경, 너의 프로필 사진이
나의 눈길을 머무르게 해.

책갈피에서 찾은 세잎클로버가
현재의 시간을 멈추고
과거의 기억을 더듬게 해.

이걸 언제
끼워 뒀더라?

나를 멈추게 하는 것들 — 속도에 대한 명상 13

반칠환

보도블록 틈에 핀 씀바귀꽃 한 포기가 나를 멈추게 한다

어쩌다 서울 하늘을 선회하는 제비 한두 마리가 나를 멈추게 한다

육교 아래 봄볕에 탄 까만 얼굴로 도라지를 다듬는 할머니의 옆
모습이 나를 멈추게 한다

굽은 허리로 실업자 아들을 배웅하다 돌아서는 어머니의 뒷모
습은 나를 멈추게 한다

나는 언제나 나를 멈추게 한 힘으로 다시 걷는다

\07/
내가 너의 마음이 되어

도대체 시심이 뭘까?
어떻게 해야
천상계의 시심을
지키고, 키울 수 있지?

시심 만렙 찍는 법.
검색해도
안 나와! 안 나와!

시심을 만질 수 있다면
이렇게 폭닥하게 안아 줄 텐데.

눈에 보이지 않으니
품에 안을 수도 없잖아····.

잔디야! 넌
시심이 뭐라고 생각해?

갑자기
웬 시심?

음, 내 생각엔···.
상대방의 마음을
입어 보는 거라 생각해.

마음을 옷처럼 입어 본다라···.
입장 바꿔 생각해 본다는 거겠지?
예를 들어···.

빙그르—

귤의 마음

모공이 많다고 흉보지 마.
이래 봬도 나님은 비타민 과즙이 뿜뿜!

야구공의 마음

몸집은 좀 작아도
난 제법 거친 삶을 살았다네.
얼굴 흉터를 보라구! 후후.

눈송이의 마음

해태야, 나를 봐!
저렇게
까마득하게
높은 곳에서
혼자 내려왔어!
다치지도 않고
용감하게 뛰어내렸어!

꽃의 마음

사실 난 매년 꽃 피우는 게
싫을 때도 있어.
열매 맺는 건 아프거든.

바람의 마음

나를 멀리서 찾지 마.
구름을 보면
내가 어디로 가는지
알 수 있어.

물티슈의 마음

뚜껑 좀 닫아 주세요.
목말라 죽겠어요.

시바견의 마음

원래부터 내 이름 마음에 안 들었어.
꼭 욕하는 것 같잖아.

눈사람의 마음

고맙지만 너의 배려가 두려워.
그냥 여기서
천천히 사라지고 싶거든.

우리 집 냉장고로 가면
죽지 않을 거야.

자세를 낮추고
귀를 낮추고
사물의 목소리에
귀를 기울여 봐.

들리지 않는 소리가
들릴지 몰라.

해태야, 너만의 렌즈로
세상을 본다면

기린의 입장에서, 연필의 입장에서, 마늘의 입장에서
세상 모든 것들을 본다면
시심을 키울 수 있을지도 몰라.

김에서 밥까지

김준현

내 이름이 왜 김밥이야?

내 안에는

파삭한 김과

따뜻한 밥과

맛있는 햄과

부드러운 달걀과

싱싱한 시금치와

아삭한 단무지와

꼬들꼬들 우엉과

물기 많은 오이와

사각사각 당근이

들어 있는데

내 이름에 김이랑 밥만 있으면

햄이랑 달걀이랑 시금치랑 단무지랑 우엉이랑 오이랑 당근이

얼마나 서운하겠어?

\08/

진짜 잊고 싶은데, 정말 보고 싶어

난 책 보고 노래 고르는
옛날 해태!

황인경은 나한테
1도 관심 없는 듯.

근데 나 왜
마이크에 대고
말함?

다 잊을래.
아니, 보고 싶지도 않아.

정말?

너 매일 밤
황인경 까톡 프사
들여다보다 잠드는 거
내가 다 아는데?

인정.

됐고, 노래나 부르자.
방탄조끼 노래 부를래?

잔디야, 반대로 말해도
네 마음 다 알아. 진심은
고이 접어 넣어 둬. 넣어 둬.

따라라—

해태야, 나, 어릴 적부터
할머니 노래 듣고 자라서
취향 좀 이모님이야.

얄리 얄리 얄랑셩
얄라리 얄라
청사안에 살어~

살으리랏다~

아놔! 이상하게
화음 넣지 마.

진달래꽃

김소월

나 보기가 역겨워
가실 때에는
말없이 고이 보내 드리우리다

영변에 약산
진달래꽃
아름 따다 가실 길에 뿌리우리다

가시는 걸음걸음
놓인 그 꽃을
사뿐히 즈려밟고 가시옵소서

나 보기가 역겨워
가실 때에는
죽어도 아니 눈물 흘리우리다

\09/
오늘 하루 시인

어이-.

문지기!
그동안 기체후
일향 만강하셨어?

음, 안 어울리게
고사성어 쓰지 말게.
그동안 천상계의
시심은 잘 지켰는가?

오늘 시험인 건
알고 왔지?

퀘스트가 뭔데?

끄응-

내가 포켓몬도
아니고
모양 빠지게

레벨 업을
해야 하다니···.

자, 그럼 각설하고
문제를 내도록 하겠다.

시험 문제

1. 시심을 담아 시를 써라.
(조건: 비유와 상징을 넣을 것)

방바바방!

그게 다야?
힌트 좀 줘. 시 쓰는 거
넘나 어려운 것!

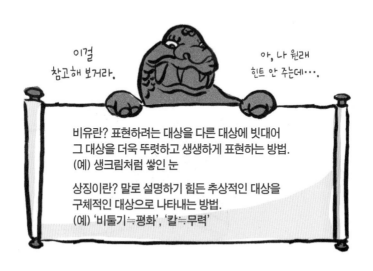

이걸
참고해 보거라.

아, 나 원래
힌트 안 주는데····.

비유란? 표현하려는 대상을 다른 대상에 빗대어
그 대상을 더욱 뚜렷하고 생생하게 표현하는 방법.
(예) 생크림처럼 쌓인 눈

상징이란? 말로 설명하기 힘든 추상적인 대상을
구체적인 대상으로 나타내는 방법.
(예) '비둘기≒평화', '칼≒무력'

데헷! 문지기 최고!
그런데 나 분위기
좀 타야 쓸 것 같은데
꽃 배경이나
IU 노래로 BGM 부탁해!

자! 샤랄라
천상계 배경!

좌라란—

장원 급제를 한
유생 느낌으로 변신!

빠방~

이제 됐지?

아, 정말 손 많이 가네.
왜 내가 인내심
시험 보는 것 같지?

고마워! 이제 집중할 거니까 말 걸지 말아 줘.
내가 좀 예민해서 말이야.

하····.
자기가 먼저
요구해 놓고····.

제목 : 분홍 지우개

시를 썼다 지울수록
나는 키가 작아져

운동장에서
해를 보며
녹는 눈사람처럼

시를 썼다 지울수록
지우개 가루가 쌓일수록

사라지는 내 마음
모서리가 닳은 마음

끝!

120

시 창작 시간

조향미

오늘은 우리도 짧은 시 한 편 써 보자
그동안 배운 비유와 상징 이미지도
때깔 좋게 버무려 맛있는 시를 빚어 보렴
말 끝나기도 전에 으아—
인상 찌푸리며 비명 질러 대던 아이들은
시제 두어 개를 칠판에 써 놓으니
금방 연필 들고 공책 위에 납작 몸을 낮춘다
먹이 앞에 순해지는 강아지처럼
소풍날 보물찾기 나선 꼬마들처럼
녀석들이 이제 무얼 찾아 들고 나타날까
갓 피어난 별꽃 한 점일까
오래전에 잃어버린 무지갯빛 구슬일까
짐짓 가려 둔 흉터일까
이마 짚고 턱 괴며 골똘한 얼굴들
교실에는 아련한 눈빛으로 팔랑팔랑
시의 꽃가루를 찾는 나비도 몇 마리 있다
물론, 선뜻 씹히지 않는 생의 먹잇감에
끙끙대며 씨름하는 강아지들이 더 많다
만지작거리다 밀어 놓은 언어의 허물
책상 위에 지우개 가루만 소복이 쌓인다
그 속에 사금처럼 시가 반짝이고 있다

문지기! 갈게.
결과 나오면
깨톡해!

쟤 왜 자꾸 반말?
나 여기 조선 시대부터 있었는데!

고양이들한텐
찍소리도 못 하면서.

\10/
북어는 슬프다

할머니,
오늘도 주무시고
내일 가시면
안 돼요?

아이구, 안 돼.
할미가 오니까
그리 좋으냐?

식당 너무 오래 비우면 안 돼.
잔디야, 이것 좀 봐.

금방 볶았네! 냄새, 아유 고소해!
깨 식히려고 내놓은 거 봐라.

아···.

꿔바로우도
튀겨서 파네!
별것이 다 있다.

할머니,
저거 하나
사 주세요!

맛있어.

응, 먹을 만하네.
우리 손녀 뭐 먹고
싶은 거 없노?
할미가 다 해 줄게.

북엇국 해 줄까? 네가 내 입맛 딱 닮아서
요즘 젊은 애들 같지 않게
가자미식해랑 북어 좋아하지.

네!

할머니! 저기
북어 팔아요!

어, 어디?

북어
있어요?

사모님 한 코배
들여가세요.

동해에서 직접 물건
떼다가 파는 거예요.

동해는 무슨···.
러시아산이야.

요샌 노가리를
하도 잡아대서
국내산 명태는
씨가 말랐는데···.

에? 그럼 왜 샀어요?

알고도 한 번 속아 줬다.
나도 장사하는 사람인데···.
저러면 오래 못 가.

살다 보면 나쁜 꾀를
쓰는 사람도 많아.

정신 똑바로 차리고
살아야 해.

어떤 것이든 마찬가지야.
나쁜 꾀를 쓰지 않고

너를 소중히 대해 주는
사람들을 만나야 돼.

눈이 밝아야 한다.
그래야 자신을 지킬 수 있어.

북어

배우식

사람한테 잡혀가도 입을 크게 벌리고만 있으면 산다고 아버지한테 귀 닳도록 들었습니다 사람한테 잡혀가도 눈을 크게 부라리고만 있으면 사람들이 겁먹고 도망간다고, 눈을 똑바로 뜨고만 있으면 사람들이 무서워서 벌벌 떨며 도망간다고 아버지한테 귀 빠지게 들었습니다 잘 보이지는 않지만, 눈 하나 깜빡대지 않고 크게 뜨고 있는 내가 무섭지요 벌벌 떨리지요?

와, 할머니 북엇국 엄청
끓여 놓고 가셨네.

그러고 보니
북어는 죽어서도
눈을 감지
못하는구나.

\ 11 /
옆얼굴

힐끔-

?

사실은,
뭐?

창가 끝에서 두 번째,
저기가 내 자리거든.
밖이 잘 보여.

8시 좀 지나면
어김없이

네가 헐레벌떡
뛰어오더라.

헉헉

옆모습

이혜미

너를 좋아해서
너를 피해 다닌다

내가 겨우 바라보는 건
너의 옆모습

마음은 곁눈질에서 시작되나 봐

반달의 가려진 반쪽을 바라보듯
너의 나머지 표정을 상상해

쳐다봐 줬으면 하다가도
눈 마주치면 화들짝
고개를 돌리지

공책 귀퉁이에 그렸다가 얼른 지우는
너의 옆모습

해태야, 동아리에 장호연이라고 있거든. 걔가 나 훔쳐보다가 눈 마주치면 피한다?

응, 아니야. 관심 있고 그런 거 아니야. 네 얼굴에 뭐가 묻은 걸 거야.

에휴, 그러고 보니 예지랑
얼굴 보고 얘기한 지도
한참 됐다.

예지란 친구,
왜 황인경이랑
사귀는 중이라고
말 안 한 걸까···.

글쎄···

\12/
낮에 뜨는 별

본인한테 써도 좋고
다른 사람한테
보내도 좋아.

다 받았니?

네.

네.

인경이에게는
내가 잘 보이지 않겠지.

네 옆엔 예지가 있으니까.

해의 밝은 빛에 가려 보이지 않지.
어두워지면 비로소 보이는 별처럼.

지금 네 주위는 대낮처럼 환해서

내가 반짝반짝 빛나 보이지 않지.

어쩌면 다들 바라는지 몰라.

반짝반짝한 마음을 알아봐 주길.

김잔디!
너한테 써도 돼?

오!

오?

헐! 장호연!
방금 김잔디한테 고백한 거임?

자자! 조용!
장호연!
잔디 입장도
생각해야지?

이제 그만 떠들고
집중하자, 얘들아!

예··· 샘,
죄송합니다!

긁적—

너희들 다음 주 신동엽 문학관
가는 거 잊지 않았지?
부모님 동의서도 내고.

다 쓴 사람은
제출하고 가도 좋아.

딩 동 댕 동

야!
김잔디!

김잔디!

윽!
못 들은
척하자.

아까
인경이한테 물어서
깨톡 친구 추가했는데
괜찮지?

너도 나 추가해 줘.
답사 꼭 와야 해.

하·····.
쟤는 뭐가
저렇게 밝아.

장호연, 지금 네 관심은
느닷없는 헤드라이트처럼
너무 밝아서 부담스러워.

아찔한 빛에 찔려
나도 모르게
눈을 피하게 돼.

별

정진규

별들의 바탕은 어둠이 마땅하다

대낮에는 보이지 않는다

지금 대낮인 사람들은

별들이 보이지 않는다

지금 어둠인 사람들에게만

별들이 보인다

지금 어둠인 사람들만

별들을 낳을 수 있다

지금 대낮인 사람들은 어둡다

13
그리운 그의 얼굴 다시 찾을 수 없어도

10시 반부터 백일장 시작하니까
바로 신동엽 문학관 둘러보고
강당으로 모이세요.

네.

「껍데기는 가라」라는 시를 한 번쯤 들어 봤을 거예요.
신동엽 시인은 1930년에 충남 부여에서 태어났어요.
일제 강점기에는 창씨개명은 물론····

시인이 단국대 사학과에 입학한 다음 해에
6·25전쟁이 시작됩니다.
알다시피 백만 명의 민중이
좌우의 이념 속에서 희생되던 시기였죠.

신동엽 시인도 전쟁 속에서 가까스로 살아남았으나,
국민 방위군에 징집되었어요. 나중엔 대구 수용소를
빠져나와 병든 몸으로 귀향하게 됩니다.

신동엽 시인이 남긴 시 150여 편에는
시대의 아픔이 묻어 있습니다.
그 중심에 4·19혁명이 있고···.

그전엔 판금 서적으로 분류되어 신동엽 시인의 시를
볼 수 없었어요. 긴급 조치가 해제되어서 다시 세상에
빛을 보게 되었고 여러분이 시를 읽을 수 있게···.

시간이 촉박하니까 생각은
좀 이따 들르고 바로
백일장 장소로 이동하세요.

에, 그럼 시제를 발표하겠습니다.
시제는 '당신의 빛났던 얼굴은',
또 하나는 '낯선 소년'입니다.

아, 이제
완전 어려워···.
뭐 쓰지?

휴···.

슥슥

오후 3시가 마감 시간이고
시상식은 5시에 진행될 예정이니···.

소란한 가운데 상상 속의 나는
이곳을 벗어나 시인의 생가로 향한다.

시인이 피 기침을 하며 누웠을
차가운 방바닥을 손바닥으로 쓸어 보고

지푸라기를 주워 먹을 정도로 허기진 저녁과
송아지처럼 큰 눈동자와 마른 몸을 떠올린다.

햇볕은 공평해 남과 북, 좌우의 구분 없이 내린다.
골고루 따뜻해진 마루에 앉았다가

천장이 낮은 방과
뒤꼍을 한 바퀴 돌아 나온다.

산에 언덕에

그리운 그의 얼굴 다시 찾을 수 없어도
화사한 그의 꽃
산에 언덕에 피어날지어이.

그리운 그의 노래 다시 들을 수 없어도
맑은 그 숨결
들에 숲속에 살아갈지어이.

쓸쓸한 마음으로 들길 더듬는 행인아.

눈길 비었거든 바람 담을지네
바람 비었거든 인정 담을지네.

그리운 그의 모습 다시 찾을 수 없어도
울고 간 그의 영혼
들에 언덕에 피어날지어이.

어라? 박 시인!
본심 후보작 중에
이상한 작품들이 있어요.
이 작품, 박 시인이
올린 시랑 두 행이
똑같은데?

그래요?
어디 봅시다.

심사 위원석

흐음, 둘 중에 한 명이 베꼈단 얘긴데····.
따로 불러서 물어봐야겠어요.

이예지와 김잔디····.
서울 미래중학교
학생이네요.
두 행이 어떻게
똑같을 수가 있죠?

\14/
마음을 지킨다는 것

학생들을 부른 이유는
두 사람이 쓴 시의
핵심 구절 두 행이
너무 비슷해서예요.

우연이라고 하기엔
문장이 똑같아서
어떻게 된 일인지
듣고 싶네요.

학생들, 이렇게 말 안 하고 넘어갈 거예요?
우수상 후보라서 묻는 거예요. 아니면,
둘 다 어디서 본 문장을 외워 쓴 거예요?

어떡하지?
예지가
곤란해질 텐데···.

그럼, 두 학생 다
실격 처리합니다.
이 문제에 대해
이의 없죠?

만약 둘 중 하나가
다른 학생의 문장을
베낀 거라면

이 감정을 기억하면서
가책받길 바라요.

이제 그만
나가 보세요.

누군가의 기회를
떳떳지 못하게
훔친 거니까.

야!
너 나랑 할 얘기
있을 것 같은데.

뭘 얘기해,
넌 눈치가 없는 거니?
일부러 그러는 거니?

어머, 너 혹시
나 한 번 봐줬다고
우월감이라도
느끼고 싶은 거야?

순서가 잘못됐잖아!
사과 먼저 해야지!
네가 내 문장 베꼈으면!

소리 좀 낮추지?

그러는 넌 왜
아까 심사 위원한테
반박 안 했어?

설마, 너
어디서 본 문장을
비슷하게
쓴 거니?

그리고
내가 베꼈다는 건
어떻게 증명할 건데?
증거가 없잖아.

삐리리릴리~

어, 고미린!
나 잠깐 밖에 나왔어.
어디야? 지금 갈게.

난 널 지켜 주려 한 건데, 정말 끝까지.

예지야, 너 김잔디랑 있었어? 한참 찾았잖아. 뭔 일이야?

아, 뭐 별일 아냐.

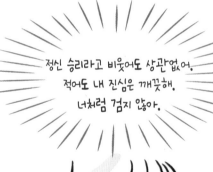

정신 승리라고 비웃어도 상관없어.
적어도 내 진심은 깨끗해.
너처럼 검지 않아.

고작 이런 게
친구라면
필요 없다.
친구 따위.

까마귀 싸우는 골에

영천 이씨(정몽주의 어머니)

까마귀 싸우는 골에 백로야 가지 마라

성난 까마귀 흰빛을 시샘하니

청강에 맑게 씻은 몸 더럽힐까 하노라.

\15/
너나 나나

솔직히 너, 김잔디랑
썸 타려고 동아리
들어왔지? 맞지?

에?

내가 좀 그런 쪽에
촉이 빨라요.

척하면
척이지!

전혀! 타격률 제로야.
네가 날 얕잡아 봐도
상관없어.

내가 정곡을
찔렀나?

너한테 내 실력 검증해 달라고
말한 적 없는데.

첫!

에, 동상은
부여중학교 2학년
서영희,
봉화중학교 1학년
주광혁···.

은상 수상자는
미래중학교 2학년

장호연!
앞으로 나오세요.

헐...

그러고 보니 고미린이 무시할 때
대처하는 방식도 나랑 달랐어.

장호연···.

아까 나는 왜 예지한테
대차게 반박하지 못했을까.

전에 할머니도 소중한 걸
잘 지키라고 말씀하셨는데···.

감장새 작다 하고

이택

감장새 작다 하고 대붕아 비웃지 마라

구만리 넓은 하늘을 너도 날고 저도 난다

두어라 나는 새이기는 마찬가지니 너나 그나 다르랴.

\16/
주머니 속에 은행잎

은행잎
곱다.

좋다.
조용하고.

너라면 여기
좋아할 것 같았어.

이예지랑 너,
다투는 거 우연히 들었어.
그렇게 넘어가는 거
억울하지 않아?

그건···.

저벅저벅―

예지가 부정하면 딱히
증명할 방법도 없고

그냥 나 혼자
조용히 넘어가면
될 거라고
생각했어.

아....

뜨왓!

너무 무르고 약하면
진짜 열매를
잃어버리게 될지도
모르니까.

...

그건 예를 들면···.

장미의
가시 같달까.

밤톨도 가시가 있고
복어도 독이 있잖아?

너에겐
내가 있····.
읍!

네 말대로
지킬게.

해 진다.
넌 어디로 가?

난 아빠
가게로.
넌?

난 해태····.
아니, 고양이 걱정돼서
집으로 바로 가려고.

해태?
고양이 이름이
해태야?
언제 고양이 보여 줘.

오늘은 혼자 생각할 게 있어서
가야겠다.
잘 가. 장호연!

독(毒)은 아름답다

함민복

은행나무 열매에서 구린내가 난다
주의해 주세요 구린내가 향기롭다

밤톨이 여물면서 밤송이가 따가워진다
날카롭게 찌르는 가시가 너그럽다

복어알을 먹으면 죽는다
복어의 독이 복어의 사랑이다

자식을 낳고 술을 끊은 친구가 있다
친구의 독한 마음이 아름답다

보
너
스
컷

해태야,
사실은···.

나, 예지랑
절교할 것 같아.

답사 가서
무슨 일 있었어?

\17/

달콤하고 고소하고, 아직 따뜻해

떡볶이
먹을까?

학원 빼먹자.

얍!

장호연의
초강력
헤드록을
받아랏!

탁!

야! 뭐야.
완전 깜놀했어.

짠!
이거 주려고
아까부터
기다렸지!

식을까 봐
품에 고이 안고
있었지롱!

머리, 꼬리, 배 중에
넌 어디부터 먹어?

얌얌

장호연! 단순한 심리 테스트로 분석하지 말아 줄래?

난 그보단 훨씬 복합적인 인간이란다.

우리 아빠가 학교 앞에서 분식집 하시거든.

우리 집 떡볶이도 진짜 맛있어.

아, 뭐 철없을 때야
아빠가 장사하시는 거 싫었었는데
지금은 고생하시는 거 아니까.

학교 앞에서 장사하면
반 애들 많이 마주치겠다···.

오옼! 너 어떨 때 꽤 의젓해, 장호연.
우리 아빠 관심은 소설뿐인데···.

참!
내가 말했나?
나 너네 아빠 팬이야.
팬 카페도
오래전에 가입했어.
조나단이란
닉네임 검색해 봐.

아, 회원 수가 열두 명인가 하는····.

네가 그중에 한 명이었구나.

너 그럼 『도롱뇽의 의천도룡기』 다 읽어 봤어?

당연하지. 프리퀄에서 도롱뇽이 흑룡이랑 맞짱 뜰 때는 정말이지····. 소오름 돋는 묘사였어.

네가 팬이라고 하면
우리 아빠 좋아하시겠다.

난 이쪽으로 가.

어? 어.
잘 가!

이렇게 금방 헤어지다니
아쉽다! 잘 들어가.

응!

코끝이 차가운 저녁이지만
오늘 저녁은 너 때문에 따뜻해.

아직 식지 않았어.

세상에서 가장 따뜻했던 저녁

복효근

어둠이 한기처럼 스며들고
배 속에 붕어 새끼 두어 마리 요동을 칠 때

학교 앞 버스 정류장을 지나는데
먼저 와 기다리던 선재가
내가 멘 책가방 지퍼가 열렸다며 닫아 주었다.

아무도 없는 집 썰렁한 내 방까지
붕어빵 냄새가 따라왔다.

학교에서 받은 우유 꺼내려 가방을 여는데
아직 온기가 식지 않은 종이봉투에
붕어가 다섯 마리

내 열여섯 세상에
가장 따뜻했던 저녁

\18/
물이 되어, 눈이 되어, 눈물이 되어

말 안 하고 왔어?
왜? 무슨 일 있니?

아녜요.
아무것도.

그냥 난 아빠가
걱정돼서···.
아빤 괜찮아요?

어른들 일까지
걱정하는 거 아니다.

아, 그러고 보니
학교는?

그게····.

인스턴트 음식 먹으면
엄마한테 혼나는데····.

말 돌리기는.

아빠··· 요새 계속
술 많이 드시죠?
얼굴이 좀 안 좋아졌어요.

얘가 또 어른들이
할 걱정을 미리 하고 있네.

우물우물

아, 그럼 좀 걱정
안 하게 하든가···.

알았다, 알았어.
딸내미 잔소리 카랑카랑하네.

예지야, 왜 많이 안 먹어?
맛있는데.

아빠, 나 5학년 때
아빠랑 같이
잠실 타워 갔던 거
기억나요?

그때
아이스 쇼도 보고···.

아빠가 그때
사 준 머리핀,
이거 안 잃어버리고
늘 하고 다녀요!

만지작

아빠,

나 아빠 집에서
살면 안 돼요?

그게…,
네 엄마가
싫어할 거다.

아빠 혼자서
결정할 수 있는 문제가 아냐.

아, 그냥 한번
해 본 말이에요.

다 먹었으면
나갈까?

저녁 눈이 온다.
보도블록 위에도, 아빠의 구두코 위에도

저벅저벅

아빠의 머리 위에도 내 어깨 위에도

쏟아지듯 눈발이 붐빈다.

점점 더 오네.

으··· 머리
다 젖겠어요.

지금 보니
아빠 흰머리
엄청 늘었네?
꼭 눈 온 것 같이···.

눈앞에서 붐비던 눈이 물방울이 되어, 젖는다.

엄마 말 잘 듣고
학교 잘 다녀라.

네.

스며든다.

잘 가라!

조심해서
들어가세요.

아빠.

아빠가 그렇게
힘없는 뒷모습으로
슬픔을 차지해 버리면

내가 힘들다고
말할 틈이 없잖아.

덜컹덜컹—

잘 가요,
아빠.

저녁 눈

박용래

늦은 저녁 때 오는 눈발은 말집 호롱불 밑에 붐비다

늦은 저녁 때 오는 눈발은 조랑말 발굽 밑에 붐비다

늦은 저녁 때 오는 눈발은 여물 써는 소리에 붐비다

늦은 저녁 때 오는 눈발은 변두리 빈터만 다니며 붐비다.

부스럭—

방에 들어온 거미 한 마리

여담이지만 우리 예지,
강남 학군으로 안 보내고
이 학교로 보낸 건

다 우리 아버지와
이사장님과의 인연 생각해서
그런 거 아니겠어요?

아이고,
예지 어머니
알다마다요.

이번에 테니스장 부지도
알아봐 주시고···
감사하죠.

다음 주 필드 나갈 때
연락드리겠습니다.

부르르릉-

부으응-

어? 예지야!
이예지!

너 뭐야! 왜 여기에 있어?
수업 벌써 끝났어? 일단 타!

엄마···.

어떻게 된 거야. 아직
학교 마칠 시간 아닌데···.

아, 몸이 좀 안 좋아서
조퇴했어요.

교복으로
갈아입길
잘했다.

너 내년엔 학생회장
선거도 준비해야····.

깨톡!

예지 어머니!
오늘 예지가
학교에 안 나왔····.

너 제정신이야?
학교를 빼먹어?
엄마한테 말도 안 하고?

담임 선생님이 지금 톡 보내셨어!
자꾸 거짓말할래?

일단 집에 가서 얘기해.

쾅!

당신 또 낮술이에요?
정말 엉망으로 취했군.

어?

딸꾹

진짜,
집에서
마시지
말라니까.

으, 잔소리!

예지, 오늘 말도 안 하고
학교 안 갔어요.

그래서?

그래서라뇨?

예지가 저러는 게
내 탓이야?

목소리 좀 낮춰요!

숨 막혀.

화목한 가정은
드라마에서나
나오는 거지.

아빠는
잘 들어가셨을까?

안 받으시네.

띠리리리리─

아빠 생각하면 가슴이 아려
전기 오른 것처럼 찡하다.

어? 거미····.

깨 한 알보다도
작은 거미,

손톱으로 꾹 누르지 않아도
죽일 수 있는.

이렇게 작은 네게도
가족이 있을까.

어쩌면 이 거미에게도
아빠가 있어서 사라진 거미를
찾고 있을지도 모르지.

그냥 쓱 쓸어 버리면 그만이지만
그러기 싫다.

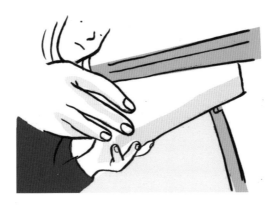

돌아가. 너의 가족에게로.

수라(修羅)

  거미 새끼 하나 방바닥에 나린 것을 나는 아모 생각 없이 문밖
으로 쓸어 버린다
  차디찬 밤이다

  어니젠가* 새끼 거미 쓸려 나간 곳에 큰 거미가 왔다
  나는 가슴이 짜릿한다
  나는 또 큰 거미를 쓸어 문밖으로 버리며
  찬 밖이라도 새끼 있는 데로 가라고 하며 서러워한다

  이렇게 해서 아린 가슴이 싹기도* 전이다
  어데서 좁쌀알만 한 알에서 가제* 깨인 듯한 발이 채 서지도 못
한 무척 적은 새끼 거미가 이번엔 큰 거미 없어진 곳으로 와서 아
물거린다
  나는 가슴이 메이는 듯하다
  내 손에 오르기라도 하라고 나는 손을 내어 미나 분명히 울고불
고할 이 작은 것은 나를 무서우이 달아나 버리며 나를 서럽게 한
다.

나는 이 작은 것을 고이 보드러운 종이에 받어 또 문밖으로 버리며

이것의 엄마와 누나나 형이 가까이 이것의 걱정을 하며 있다가 쉬이 만나기나 했으면 좋으련만 하고 슬퍼한다

* 어니젠가 어느 사이엔가.
* 싹기도 삭기도. '삭다'는 '긴장이나 화가 풀려 마음이 가라앉다'는 뜻.
* 가제 갓. 이제 막. '방금'의 방언.

보
너
스
컷

좋겠다, 예지는.
엄마가
데리러 와서.

부우우우웅-

20
튀어 오르거나, 주저앉거나

하,
어이없네,
김잔디!

쟤 완전
열받았다!

탁! 탁!

너지? 게시 글.
지워.

에? 그게
무슨 소리야?

네 글 베꼈단 증거도 없잖아.
이런 걸로 사람 매장하지 말고, 지워.

김잔디.
네가 쓴 거야?
주작인가?

아이피 추적하면
다 나오지 않나?

야, 애들이 내가 진짜
표절이라도 한 줄 알겠다.
좋게 끝내자. 응?

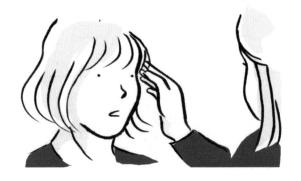

거짓말하지 마.
네가 내 글 베낀 건 사실···.

찰싹!

닥쳐.

미쳤어? 네가 뭔데
날 때려.

아, 그럼
그냥 한 대 때리고
없었던 일로 하자.

때려.

너, 진짜!

이익.

와우! 여자애들
화끈하게 싸운다.

오올!

진짜
실망이야.
너!

부르르

아, 그냥
한 대 치고
없던 일로
하자고.

치라고!

둘 다 그만해!

탁!

잔디야, 그만해.
예지는 끝내고 싶어 하는데
네가 억그로 끄는 것 같다.

하···.

황인경···.
왜 하필
너야···.

어? 잔디야!

왜 그냥 지나치지?
이제 1교시
시작인데
옥상은 왜....

해태야, 해태야.
갑자기 네가 보고 싶다.
너만은 내 마음 알 테니까.

지금 나는 바람 빠진 공과 같아.
자꾸만 뭔가 새어 나가 버려.

떨어져도
튀어 오를 수 있는 것.

그건, 공이 망가지지 않았을 때나
가능한 얘기지.

난 지금 어딘가
망가져 버렸어.

떨어져도 튀는 공처럼

정현종

그래 살아 봐야지
너도 나도 공이 되어
떨어져도 튀는 공이 되어

살아 봐야지
쓰러지는 법이 없는 둥근
공처럼, 탄력의 나라의
왕자처럼

가볍게 떠올라야지
곧 움직일 준비 되어 있는 꼴
둥근 공이 되어

옳지 최선의 꼴
지금의 네 모습처럼
떨어져도 튀어 오르는 공
쓰러지는 법이 없는 공이 되어.

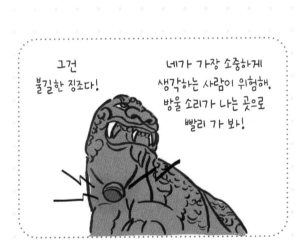

\21/
너에게로 가고 있어

백 번이고 천 번이고 내 마음이 말한다.
내 잘못 아니라고.

예지가 나한테
이렇게까지 할 일인가?

폭로 글은
누가 올린 거지?

내가 인경이를
좋아해서 그런가?

강릉에서
서울로 전학 왔을 때만 해도
이렇게 될 거라곤

전혀 예상하지 못했는데····.

결국 이렇게 되어 버렸다.

자꾸 눈물 나.

망했어.

아이고 무슨 천상계 생물이
축지법 같은 것도 못 쓰고···.
헥헥.

다리가 짧아서
넘나 힘든 것···.

문지기가
알려 줬어. 헥헥.
방울 소리로···.
너 위험하다고.

어휴.
땀 좀 봐.

잔디야, 왜 수업도
안 들어가고
옥상에서 울고 그래.
속상하게···.

울기는···.

그냥 답답해서
옥상에 올라온 거야.

김잔디! 너 힘들게
하는 거 있으면 다 말해!
내가 고목나무에 붙은
매미처럼 딱 붙어 있을게.

후후.
요 짧은 팔다리와
작은 뿔로?

모두와 친구가
될 필요는 없어.
모두를 이해하려 들지 말고.

해태야····.

사실 나
학교 다니기 싫어.

다시
강릉으로
전학 갈까?

아빠랑
할머니가
실망하시겠지.

잔디야,
사는 건 왜 이렇게
빡센 걸까?

우린
고생하려
태어난 걸까?

야, 해태 너 뭐야,
약한 모습!
나 지켜 줄 거라더니
네가 더 우냐?

쿨쩍

아, 몰라.
너 기운 없는 거
보니까 눈물 나.

네 마음이
보여서 속상해.

너무 많은 것들에
네 마음을 뺏기지 마.
그럼 진짜 지켜야 할
네 마음이
사라져 버린다고!

미안.
할 수 있는 게
고작 같이 울어 주는
것뿐이라서.

훌쩍

교복에
콧물 묻겠다.
이제 내려 줘.

3권에서 계속됩니다.

사랑

안도현

여름이 뜨거워서 매미가
우는 것이 아니라 매미가 울어서
여름이 뜨거운 것이다

매미는 아는 것이다
사랑이란, 이렇게
한사코 너의 옆에 붙어서
뜨겁게 우는 것임을

울지 않으면 보이지 않기 때문에
매미는 우는 것이다

| 시인 소개 |

김선우
1970~
1996년『창작과 비평』에 시를 발표하며 작품 활동을 시작했다. 시집『내 혀가 입 속에 갇혀 있길 거부한다면』,『도화 아래 잠들다』,『내 몸속에 잠든 이 누구신가』,『나의 무한한 혁명에게』,『녹턴』, 청소년시집『댄스, 푸른푸른』등이 있다.

김소월
1902~1934
1920년『창조』에 시를 발표하며 작품 활동을 시작했다. 시집『진달래꽃』을 냈고, 죽은 뒤에 김억이 엮은『소월 시초』가 출간되었다.

김준현
1987~
2013년『서울신문』신춘문예에 시가,『창비 어린이』신인 문학상에 동시가 당선되며 작품 활동을 시작했다. 시집『흰 글씨로 쓰는 것』, 동시집『나는 법』등이 있다.

박용래
1925~1980
1956년『현대 문학』에 시를 발표하며 작품 활동을 시작했다. 시집『싸락눈』,『강아지풀』,『백발의 꽃대궁』등이 있다.

반칠환
1964~
1992년『동아일보』신춘문예에 당선되며 작품 활동을 시작했다. 시집『뜰채로 죽은 별을 건지는 사랑』,『웃음의 힘』등이 있다.

배우식
1952~
2009년『조선일보』신춘문예에 당선되며 작품 활동을 시작했다. 시집『그의 몸에 환하게 불을 켜고 싶다』, 시조집『인삼 반가사유상』등이 있다.

백석
1912~1995
1935년『조선일보』에 시를 발표하며 작품 활동을 시작했다. 시집『사슴』, 동화 시집『집게네 네 형제』가 있다.

복효근

1962~

1991년『시와 시학』에 시를 발표하며 작품 활동을 시작했다. 시집『당신이 슬플 때 나는 사랑한다』, 『버마재미 사랑』, 『누우 떼가 강을 건너는 법』, 『목련꽃 브라자』, 『마늘 촛불』, 『따뜻한 외면』, 청소년시집『운동장 편지』등이 있다.

신동엽

1930~1969

1959년『조선일보』신춘문예에 시가 입선되며 작품 활동을 시작했다. 시집『아사녀』, 장편 서사시「금강」, 시선집『누가 하늘을 보았다 하는가』등이 있다.

안도현

1961~

1984년『동아일보』신춘문예에 시가 당선되며 작품 활동을 시작했다. 시집『서울로 가는 전봉준』, 『모닥불』, 『외롭고 높고 쓸쓸한』, 『그리운 여우』, 『아무것도 아닌 것에 대하여』, 『간절하게 참 철없이』, 『북항』등이 있다.

영천 이씨

생몰년 모름

정몽주의 어머니. 시조 한 편(「까마귀 싸우는 골에」)이『가곡원류』에 실려 있다.

유병록

1982~

2010년『동아일보』신춘문예에 시가 당선되며 작품 활동을 시작했다. 시집『목숨이 두근거릴 때마다』등이 있다.

윤동주

1917~1945

15세 때부터 시를 쓰기 시작했고 1936년『카톨릭 소년』에 동시를 발표하기도 했다. 일본 유학 중이던 1943년 경찰에 체포되어 1945년 감옥에서 작고했다. 1948년 유고 시집『하늘과 바람과 별과 시』가 출간되었다.

이택

1509~1573

조선 명종 때의 문신.

이혜미
1988~

2006년 중앙 신인 문학상에 당선되며 작품 활동을 시작했다. 시집 『보라의 바깥』, 『뜻밖의 바닐라』 등이 있다.

정진규
1939~2017

1960년 『동아일보』 신춘문예에 시가 당선되며 작품 활동을 시작했다. 시집 『마른 수수깡의 평화』, 『들판에 비인 집이로다』, 『별들의 바탕은 어둠이 마땅하다』, 『몸시』, 『본색』, 『우주 한 분이 하얗게 걸리셨어요』 등이 있다.

정현종
1939~

1965년 『현대 문학』에 시가 추천되며 작품 활동을 시작했다. 시집 『사물의 꿈』, 『나는 별 아저씨』, 『떨어져도 튀는 공처럼』, 『사랑할 시간이 많지 않다』, 『한 꽃송이』, 『세상의 나무들』, 『광휘의 속삭임』, 『그림자에 불타다』 등이 있다.

조향미
1961~

1984년 무크지 『전망』을 통해 작품 활동을 시작했다. 시집 『길보다 멀리 기다림은 뻗어 있네』, 『새의 마음』, 『그 나무가 나에게 팔을 벌렸다』 등이 있다.

함민복
1962~

1988년 『세계 문학』에 시를 발표하며 작품 활동을 시작했다. 시집 『우울 씨의 일일』, 『자본주의의 약속』, 『모든 경계에는 꽃이 핀다』, 『말랑말랑한 힘』, 『눈물을 자르는 눈꺼풀처럼』 등이 있다.

황인숙
1958~

1984년 『경향신문』 신춘문예에 시가 당선되며 작품 활동을 시작했다. 시집 『새는 하늘을 자유롭게 풀어놓고』, 『슬픔이 나를 깨운다』, 『우리는 철새처럼 만났다』, 『나의 침울한, 소중한 이여』, 『자명한 산책』, 『리스본행 야간열차』 등이 있다.

| 작품 출처 |

김선우 「외로움에 대하여」,『댄스, 푸른푸른』, 창비교육, 2018

김소월 「진달래꽃」,『진달래꽃』, 매문사 1925;『김소월 전집』, 서울대학교출판부, 1996

김준현 「김에서 밥까지」,『나는 법』, 문학동네, 2017

박용래 「저녁 눈」,『먼 바다』, 창비, 1984

반칠환 「나를 멈추게 하는 것들—속도에 대한 명상 13」,『뜰채로 죽은 별을 건지는 사랑』,
          시와시학사, 2001

배우식 「북어」,『그의 몸에 환하게 불을 켜고 싶다』, 고요아침, 2005

백석 「멧새 소리」,『백석 문학 전집 1—시』, 서정시학, 2012

백석 「수라」,『백석 문학 전집 1—시』, 서정시학, 2012

복효근 「세상에서 가장 따뜻했던 저녁」,『운동장 편지』, 창비교육, 2016

신동엽 「산에 언덕에」,『신동엽 시 전집』, 창비, 2013

안도현 「사랑」,『그리운 여우』, 창비, 1997

영천 이씨 「까마귀 싸우는 골에」,『정본 시조 대전』, 심재완 편저, 일조각, 1984

유병록 「식구」,『너를 만나는 시 1—내가 네 이름을 부를 때』, 창비교육, 2019

윤동주 「새로운 길」,『정본 윤동주 전집』, 문학과지성사, 2004

이택 「감장새 작다 하고」,『정본 시조 대전』, 심재완 편저, 일조각, 1984

이혜미 「옆모습」,『처음엔 삐딱하게』, 창비교육, 2015

정진규 「별」,『별들의 바탕은 어둠이 마땅하다』, 문학세계사, 1990

정현종 「떨어져도 튀는 공처럼」,『나는 별 아저씨』, 문학과지성사, 1978

조향미 「시 창작 시간」,『그 나무가 나에게 팔을 벌렸다』, 실천문학사, 2006

함민복 「독은 아름답다」,『모든 경계에는 꽃이 핀다』, 창비, 1996

황인숙 「모진 소리」,『자명한 산책』, 문학과지성사, 2003

| 수록 교과서 |

지은이	작품명	수록 중학교 국어 교과서(2015 개정)
김선우	「외로움에 대하여」	교과서 밖의 시
김소월	「진달래꽃」	교학사(남미영) 2-1, 지학사(이삼형) 2-1, 동아(이은영) 2-2
김준현	「김에서 밥까지」	교과서 밖의 시
박용래	「저녁 눈」	교과서 밖의 시
반칠환	「나를 멈추게 하는 것들—속도에 대한 명상 13」	지학사(이삼형) 3-1
배우식	「북어」	금성(류수열) 2-1
백석	「멧새 소리」	지학사(이삼형) 3-2
백석	「수라」	비상(김진수) 3-2
복효근	「세상에서 가장 따뜻했던 저녁」	지학사(이삼형) 2-2
신동엽	「산에 언덕에」	미래엔(신유식) 3-2
안도현	「사랑」	금성(류수열) 2-2
영천 이씨	「까마귀 싸우는 골에」	금성(류수열) 1-1, 동아(이은영) 2-1, 지학사(이삼형) 2-2
유병록	「식구」	교과서 밖의 시
윤동주	「새로운 길」	창비(이도영) 1-1, 천재(노미숙) 1-1, 금성(류수열) 2-1, 천재(박영목) 3-1
이택	「감장새 작다 하고」	금성(류수열) 2-1
이혜미	「옆모습」	교과서 밖의 시
정진규	「별」	동아(이은영) 2-2
정현종	「떨어져도 튀는 공처럼」	금성(류수열) 1-1
조향미	「시 창작 시간」	금성(류수열) 2-1
함민복	「독은 아름답다」	천재(박영목) 2-1
황인숙	「모진 소리」	천재(박영목) 2-2

청소년 마음 시툰
안녕, 해태 2

초판 1쇄 발행 • 2019년 12월 12일
초판 5쇄 발행 • 2023년 1월 25일

글그림 • 싱고(신미나)
펴낸이 • 강일우
편집 • 서영희
디자인 • 김선미 장민정
조판 • 이주니
펴낸곳 • (주)창비교육
등록 • 2014년 6월 20일 제2014-000183호
주소 • 04004 서울특별시 마포구 월드컵로12길 7
전화 • 1833-7247
팩스 • 영업 070-4838-4938 / 편집 02-6949-0953
홈페이지 • www.changbiedu.com
전자우편 • textbook@changbi.com

ⓒ 신미나 2019
ISBN 979-11-89228-75-0 44810
ISBN 979-11-89228-73-6 (세트)